Ergänzungspräsentationen mit Vortext aus dem Ereignisprotokoll der Uni- Tage

3P Protokolle

Globalisierung   PPT

Management by   PPT

Anhangspräsentationen zu den untenstehenden Veröffentlichungen

Soziale Ausgrenzung   (Globalisierung)

ISBN: 978-3-640-32608-2

Die Renaissance Keynes   (Die Theorie von 1936 und deren heutige Gültigkeit)

ISBN: 978-3-640-30240-6

Vorwort (Anhang zu den Büchern)

Aufgrund einiger Anfragen von Bekannten, die sich aktuell in hiesige FH's/ Uni's eingeschrieben haben, ob ich nicht noch die eine oder andere Präsentation habe, Scripte oder sonst irgendetwas Verwertbares, folgt nun eine vielleicht breitere als gewünschte Weitergabe von Material, sodass unter Umständen nicht mehr offiziell damit gearbeitet werden kann und eine Verwendung nur noch tendenziell, im Rahmen einer Orientierungshilfe, möglich ist. Da, im Rahmen der Dozententätigkeit, bestimmte Fragen immer wieder aufkommen und das fast jedes Semester neu, z.B. wie es bei mir im Studium war, um sich selbst ein gewisses Maß an Komfort und Sicherheit, durch Informationen, zu verschaffen, habe ich auch eine kleine Erzählung vorab angefügt. Jedoch ist die Hartnäckigkeit „bestimmter Personen" als Anlass zu betrachten diese Veröffentlichung „Durchzuziehen", da diese aufgrund persönlicher Faulheit immer wieder, permanent, mit Fragen nach Material nerven, um persönliches Interesse und Engagement für die Themen vermeiden zu können.

Zumal ich rückblickend anmerken muss, dass ich nach dem erneuten Lesen einiger meiner Schriften und Arbeiten, aus früheren Zeiten, dachte, was ich da generell für ein Kram geschrieben habe. Teilweise unmögliche Konstrukte, grammatikalisch und der Form soweit aus dem Rahmen weichend, dass fast von Kunst die Rede sein könnte, diese dann aber, sicherlich ungewollt, extrem abstrakt. Und so lässt dies dann höchstens noch Raum für Interpretation, aber klar ist, dass kaum noch ein Zusammenhang/Sinn zugeordnet werden kann.

So kann die Veröffentlichung dieser Präsentationen durch mich, auch als Schutz vor törichter Veröffentlichung durch fremde Finder, innerhalb meiner Papierstapel, gewertet werden, es bleiben euch so Scham und Verachtung erspart und ich erbringe diesen letzten heroischen Akt, die Schmach auf mich zu nehmen.

Also:

Im Generellen geht es hier um die Veröffentlichung der beiden Präsentationen, die vorher ergehende Kurzerzählung ist nur ein kleines Beiwerk. Und für die wenigen, die dabei waren, sind diese (Geschichten) und das auch nur vielleicht, interessant. Insofern bekommt das auf der Rückseite des Covers gedruckte „Achtung, nur für interne Zwecke...." Auch tatsächlich eine Sinnbedeutung, neben der trivialen Absicht, dekorativ sein zu sollen. Ich habe festgestellt, dass ich mehr als jeweils 5 verschiedene Versionen der damalig eingereichten Präsentationen habe und zum jetzigen Zeitpunkt auch nicht mehr wirklich sagen kann, welche nun die tatsächlich eingereichten waren. Zumindest sahen, jene angehängten, relativ vollständig aus, was aber auch kein Kriterium für die inhaltliche Qualität sein muss.

Hauptfunktion dieses Protokolls, Veröffentlichung der Präsentationen:

Soziale Ausgrenzung   (Globalisierung) → Präsentation Globalisierung   PPT

ISBN: 978-3-640-32608-2

Die Renaissance Keynes (Die Theorie...) → Präsentation Management by PPT

ISBN: 978-3-640-30240-6

Nebenfunktion, unterhaltsames Beiwerk:

In Form einer unvollständigen und schlampigen Erzählform, die alle Charaktere eher oberflächlich, wenn überhaupt, streift und deren Eigenwert nicht näher sichten lässt. Zusammenkunft von Ort, Zeit und Handlung ist eher absent und somit, wenn gewünscht, vielmehr in staubiger Klassik zu finden. Auch Rechtschreibfehler sind bestimmt zu finden, dürfen aber behalten werden, disän Luchus haBee ich mier nun, nag diwärsen Veröfendlichungen imn wissenschawdlichen Beereich, rädlig verdind.

Was aber nicht ausschließt, dass alle anderen Schriften frei von etwaigen Fehlern sind. Nur der theoretische Dreck ähh Druck kann höher anliegen. Druck durch Anspruch an die Erfüllung empirischer Kriterien und der Anspruch an die Gewissenhaftigkeit in den sprachlichen Darstellungen, sowie der Genauigkeit bei der Beschreibung von Sachverhalten und Vorgängen, jedoch nur wenn man sich dieser Kriterien Untertan machen will. Hier also frei von all diesen Dingen und dem Druck, wer's mag, mag es, wer nicht, eben nicht.

Die oben benannten Booklets sind von mir zur damaligen Studienzeit, vorerst als Hausarbeiten verfasst und dann als Prüfungsleistung, eingereicht worden. Danach wurden diese vom wissenschaftlichen Verlag veröffentlicht. Ist die erste Präsentation dem Booklet „Soziale Ausgrenzung" noch streng zuzuordnen, lässt sich dann aber bei der 2. Präsentation, im Anhang befindlich, kein direkter Sinnzusammenhang mehr zu der Veröffentlichung „Die Renaissance Keynes" herstellen. Das ist der thematischen Zweiteilung der Vorlesung aus dem wirtschaftwissenschaftlichen Bereich – Makro / Mirkoökonomie – Personal und Organisation – geschuldet. Obwohl beide Prüfungsleistungen jeweils einem Modul zuzuordnen sind, ist der Inhalt des Moduls thematisch divergent. Ist doch klar, oder?

Das ist nur eine Schrulligkeit, die logisch nachvollzogen werden will, aber definitiv jedem logischen Zusammenhang entbehrt, außer der Erkenntnis, dass so etwas aus dem Chaos entstanden sein muss.

Und auch der eine oder andere Dozent kann erst nach längeren Denkpausen einen Sinnzusammenhang belegen.

Wer befähigt ist, das Studienchaos zu bewältigen, ist vom Intellekt studiengeeignet und sollte sich vielleicht hinsichtlich der Prüfungen nur noch marginal Sorgenfalten anlegen.

Hier erschließt sich aus der Geschichte, wo hier welcher Zusammenhang aufzufinden ist und wie sich alles konstituiert. Im Nachhinein betrachtet, ist das Randläufige aufregender und letztlich auch wichtiger gewesen, als die eigentlichen Studieninhalte an sich. Das Drum- Herum und die Schrulligkeiten machten es erst nett und angenehm. Und so geht es hier auch „nur" um das Setting und nicht um die theoretischen Inhalte des Studiums an sich.

Diese zu wiederholen wäre auch mehr als schwachsinnig, dazu gibt es doch schon längst tolle und interessante Fachbücher, die auf über 1000 Seiten einen oberflächlichen Anriss der Wirtschaftstheorie zeichnen.

Meist: „Um so mehr man lernt, desto gewisser wird einem, dass man nur wenig oder gar nichts weiß!"

Jetzt geht's aber los, unwissend und frei:

Inhalt

1. Warnung

Da ich des Öfteren zu Studienzeiten mehr als verwirrt war, was unter anderem an dem Chaos vor Ort, persönlicher Um- und Zustände lag, aber auch der geistigen Artung zuzuschreiben war, soll nicht zu viel erwartet und vor allem, dem „ganzen" nicht zu viel beigemessen werden. Alles entstand aus einer unverantwortlichen Leichtigkeit heraus, ohne Abwägung von Etikette, Moral und Ethik.

Los:

Durch das Fehlen eines klimatischen Regulators der Räume, erreichten diese zu Sommersemesterzeiten im Inneren locker bis zu 50 ° C. Darum befand ich mich auch Teils in einer Art Fiberdelirium. Eindrücke wirkten wie in Trance auf mich ein, somit ist es folglich schwer Fiktion des Konfabulierten im Augenblick der Schmelze, von tatsächlichen Begebenheiten zu trennen.

Zudem kommt ein regelrecht kontinuierlicher Strom an Reizüberflutung:

1. in den Räumen durch Überhang an zu vielen Menschen im Verhältnis von je zu wenigen Plätzen

2. Auf den Fluren, durch eine generell überzogene Ansammlung von Menschen innerhalb dieser ehrwürdigen Gänge der Alma Marta (ups)

Wie oft standen bis zu 50 – 60 – 80 Studenten gleichzeitig auf den Fluren und warteten auf das Eintreffen des Prof. Dr. XY, dem es, durch den verspäteten Zeitpunkt der Ankunft bewiesen, gelang, das akademische Viertel im Kopf zu potenzieren. Denn die Verspätung musste Ergebnis eines diffizilen mathematischen Theorems sein, dessen Lösung in der Zeit der Verspätung zu suchen sein musste. Dies zumindest als determinierter Wert, welcher auf einer Seite der Gleichung zu stehen hatte. O.k., die eine oder andere Variable musste noch eingefügt werden, aber es ließ sich nach einem halben Jahr tatsächlich mit an Sicherheit grenzender Wahrscheinlichkeit sagen: Prof. Dr. X. Y. ist häufig unpünktlich und das mit einer zunehmenden Stetigkeit. Die Menge seiner Verspätungen macht die Gesamtheit aller gezogenen Hasshackfressen der wartenden Studentenschaft aus. Und angenehme 40 Grad Celsius halfen dabei, sich in der Menge kuschelig und angenehm kochend zu fühlen.

Ich glaube wahrgenommen zu haben, dass sich in den Zeiten des gesamten Flurwartens, im Laufe der Zeit von 2 Jahren Studium, mindestens 5 sich anbahnende und 3 tatsächliche Ohnmachten ereigneten.

Ich weiß, dass die Betroffenen leicht bis mittelverletzt überlebten und manche, aus der Grundgesamtheit aller Studierenden, auch Ihr Studium, selbst im Angesicht dieser immensen Gefahr, erfolgreich absolvierten und beendeten.

Einen Job haben viele dennoch bis heute nicht oder sind eben lapidar selbstständig. Naja, wenigstens wurden die Aussichten, auf spätere Beschäftigung nach dem Studium, angeführt. In den ersten Vorlesungen wurde darauf verwiesen, dass 1 von 10 überhaupt einen Job bekäme und dann wiederum von denen die einen Job bekommen würden, 1 von 100 (aus der Menge 1 X 10 X 100) dann tatsächlich erfolgreich sein würde. Also 1 von 1000 kriegt nen halbwegs annehmbaren Job mit annähernd guter Bezahlung. Dann steht die Quote echt Scheiße. Oder ob der eine von zehn, hätte aus der Menge derer, die im Verhältnis 1 : 100 erfolgreich sind, rausgerechnet werden müssen? Nein, es bleibt einer von tausend. Ist aber auch egal, bleibt ne scheiß Quote, so oder so.

Nun aber los, man hat ja nicht den ganzen Tag Zeit, schon gar nicht im Bachelor Studiengang.

2. The Beginning

Oh ja, wie süß der Geschmack des Erfolges doch nachklingt und dadurch eine, vermeintlich, ewige Flamme der Motivation zu schüren scheint. Gerade aus dem Abi mit Belobigung entlassen, schon auf der Suche nach der nächsten Herausforderung. Voll gepackt mit durchdringender Naivität und Übermut, dass die größte Hürde durch das Bestehen des Abis geschafft sei, begann ich hochmütig die Suche nach einem geeigneten Studienplatz.

Doch welcher Studiengang würde passen?

Eine Frage, die mehr in sich birgt als nur den semantischen Sachinhalt des Wortlautes. Bis heute ist nicht klar, ob mit dem Beginn des einen, die Möglichkeit des anderen und so dann im Nachhinein erscheinend, des vermeintlich Besseren, verwirkt ist und das zu wissen nie gleichzeitig möglich ist. Ist, glaube ich, generalisiert, Teil der Unschärfe Relation. Hier natürlich als triviale Reduktion einer hochkomplexen Theorie, die durch die Simplifizierung auch an Schärfe verliert und somit an einer anderen, nicht ganz so diffizilen Unschärfe gewinnt. Und so doch wieder Teil seines originären- Selbst zu sein scheint.

Soviel vorweg, der Prozess der Findung scheint niemals zu enden, zumindest nicht für die Meisten. Nur wenige Glückliche sind dazu bestimmt, von Kinderbeinen an zu wissen, wo ihr Weg sie hinführt.

Für alle anderen gilt wohl:

Man kann den Prozess der Findung lediglich als Annäherung an das Optimum beschreiben, aber niemals als endgültig ansehen.

Scheiß aber auch….

So saß ich dann abends, im Jahre 2007, in meinem Zimmer und schaute verdutzt auf die riesige Auswahl. 100'derte Studiengänge an wiederum unzähligen Unis und FH*s boten sich mir dar. Selbst durch Ausschluss einiger Angebote, auch von extrem tollen Universitäten, z.b. durch Begrenzung der Entfernung, blieben noch unzählige übrig.

Sogar so viele, dass ich schwitzte. Was wenn ich den falschen Studiengang wählte? Was wenn ich nicht angenommen würde? Verschenkte Jahre und eine gescheiterte Existenz zogen an meinem geistigen Auge vorbei.

Der NC war in diesem Jahr besonders hoch, da der Abijahrgang extrem geburtenreich war und so tausende Bewerber auf wenige Studienplätze fielen. Hinzu kam noch, dass X Mehrfachbewerbungen vollzogen wurden.

Wenn jemand nicht weiß, ob eine seiner 3 favorite FH's zusagt, einfach mal bei 20 Hochschulen in ganz Deutschland bewerben. Richtig tolle Idee, da der NC so ins Unermessliche getrieben wird. Vom numerischen Wert zwar reduziert, jedoch birgt der reduzierte Wert einen höheren Leistungsanspruch in sich. (Ein Abi mit 1 zu bestehen ist extrem schwer, obwohl der Wert 1 numerisch geringer ist als der einer 2, welche einen geringeren Leistungsaufwand zum Erreichen verkörpert). Die Regulierung erfolgt dann über langwierige Nachrückverfahren und total verspätete „eventuell" Zusagen. Vor allem durch Bewerber aus dem Umland, die ja nichts lieber wollen, als in die IN- Stadt Berlin zu kommen um hier zu studieren.

Wir müssen draußen bleiben!!!

So wurde der NC nochmals künstlich hochgetrieben und lag bei den meisten Studiengängen zwischen 1 und 2 als Notenkriterium zur Zulassung. Natürlich gab es auch Studiengänge, die nicht so populär waren und deshalb ohne NC auskamen. Das war dann so was wie Agrarbau, Forstwirtschaft und ähnliche Birkenstock Studiengänge.

Nach unzähligen Abwägungen und einem gewissen Maß an Bequemlichkeit als Wahlkriterium, entschied ich mich für Wirtschaft. Genauer gesagt und vor allem neoanglizistisch: Business Administration. Die FHW, so hieß das damals noch, war schnell von meinem Wohnort in Neukölln zu erreichen, der NC war als Hürde nicht so hoch und, das vor allen anderen Dingen, der Studiengang konnte sehr bequem abends in Teilzeit absolviert werden. Zwar stieg die Gesamtstudiendauer so auf 8 Semester und das Grundstudium allein sollte so schon 2 Jahre dauern, dennoch: „Eile mit Weile", „Gut Ding will Weile haben" und andere dumme Sprüche, die irgendwie Faulheit rechtfertigen ...

Dass mit der Wahl der Hochschule das Chaos erst beginnen sollte, konnte ich zu diesem Zeitpunkt ja nun wirklich noch nicht ahnen.

Deshalb war erst einmal wichtig:

Wie bewirbt man sich eigentlich an einer solchen Hochschule? Ratlosigkeit machte sich breit, denn keine Ahnung hatte ich im Übermaß. Kundige und Wissende, sowie Urgesteine des Hochschulwesens um mich herum, halfen mir mit Informationen hinsichtlich des Ablaufes zur Bewerbung. Also frisch ins Internet auf die Seite der Hochschule, das lustige Formular der Onlinebewerbung angeklickt und schon ging es los.

3. Die Einschreibung

Natürlich beginnt es (das Studium/ Chaos), wie es beginnen muss, mit der Einschreibung. Aber noch aus der sicheren Distanz heraus. Nichts zwischen mir und denen, was mehr als einen flüchtigen digitalen Eindruck hätte hinterlassen können.

So gedacht.

Tatsächlich war auch die Einschreibung per online Formular eine Katastrophe, da der Server, während des fröhlichen Tippens der eigenen Daten in die Felder des digitalen Vordruckes der Hochschule, mehrfach ungespeichert abstürzte. Aber man war motiviert und blieb dran, schließlich hatte man ja was zu wollen und sollte sich wohl kaum von solchen Lappalien abhalten lassen. Vielleicht ein getarnter Motivationstest, wer wirklich hier studieren möchte, bewirbt sich online auch 30 Mal? Alles unter dem Deckmantel der Unprofessionalität, wer würde da schon solch ein System hinter vermuten. Echt professionell.

Dennoch glaube ich heute, dass bestimmte Schwierigkeiten einfach auch Vorboten sind, gewisse Dinge tun zu müssen und andere wiederum einfach sein zu lassen.

Nach dem achten Anlauf hatte es dann aber tatsächlich funktioniert. Entspannt lehnte ich mich zurück. Das Daten - Debakel überstanden geglaubt, war ich auch schon wieder ein bisschen stolz auf mich.

So schwer, wie in der Mitte des Kampfes während diverser Abstürze geglaubt, war es dann also doch nicht.

Aber nein, am Ende war man noch lange nicht angekommen. Jetzt spuckte die, auf die abgeschlossene Onlinebewerbung folgende, Seite des Hochschulservers eine lustige Aneinanderreihung verschiedenster zu erbringender Papiere aus.

Abgesehen von der Menge, ist die Tatsache des Anspruches an die Authentizität der Dokumente auch nicht zu verachten. Denn die Authentizität ist nachzuweisen. Soll heißen: X Beglaubigungen und am liebsten eben auch schnell- schnell- schnell, damit alles innerhalb der Frist bearbeitet werden kann. Wenn der Anspruch an die Schnelligkeit des Dokumentenerbringens, durch die sich bewerbende Studenten, auch nur ein achtel der eigenen Bearbeitungsgeschwindigkeit, seitens der Uni, beinhaltet hätte, wäre das schon als gerechtfertigt empfunden worden. Doch nichts da!

Ja, wenn man schnell kann, aber auch da sollten sich die Grenzen des Möglichen an denen der Erwartung messen, die Erwartung unterlag 1:10, und ein neues Bild auf die Bürokratie innerhalb einer Hochschule sollte geworfen sein.

Doch schon online ausgefüllt, ist nochmals per Stift, in simplen Lettern auszufüllen, was man an Profession und Schulung begehrt, dann würde deren Begehren an Eignung, betreffs der eigenen Person geprüft, und im besten Falle die Zulassung erfolgen.

Ich hielt mich für geeignet und war weiterhin optimistisch und füllte aus was das Zeug hielt, also nicht mehr als nötig aber motivationsgeladen.

Im Laufe des Gesamtverfahrens der Bewerbung, gingen dann die Unterlagen und der Antrag zweimal innerhalb der FH verloren, was aber nicht weiter tragisch gewesen ist, da alles am Ende gleichzeitig auftauchte und dann das Chaos perfekt war. Es wurde dann gefragt, welcher von den vielen Anträgen und welche beglaubigten Kopien der Unterlagen nun Verwendung finden sollten, aber auch dafür wurde eine Lösung gefunden.

„Wir bitten Sie die Unterlagen einfach vor Ort nochmals auszufüllen und dann im Immatrikulationsbüro abzugeben, da wir einen aktuellen Antrag brauchen."

Na da wäre doch der letzte Antrag der aktuellste gewesen? Aber nein, lieber wurde der gesamte Vorgang gelöscht, damit alles wieder, so zusagen „clear" ist.

„Das ist jetzt das Einfachste, dann können wir Sie endlich in das Bewerberverfahren mit rein nehmen. Durch die, sozusagen, vielen Anträge, liegt jetzt eine Mehrfachbewerbung vor und das ist nicht zulässig"

1. Wohl nicht meine Schuld, DAU (dümmste anzunehmende User)

2. Ja, einfach. Einfach gelöscht. Toll! Und Einfach doch wohl nur einfach für die Damen und Herren des Imma Büros. Ich sitze jetzt hier auch schon das x'te Mal.

Aber egal, wer will sich dadurch schon die Freude am Studium nehmen lassen. Und nur weil dieser gesamte Vorgang jetzt schon um die 3 Monate in Anspruch genommen hat und ein völliges Chaos das Ergebnis ist, muss man sich ja nicht unbedingt aufregen. Easy going ist doch das Motto, oder??? Dort doch auf jeden Fall.

4. Erster Kontakt, Begehung – Besichtigung – Infotage

Ja was soll ich sagen. Für meinen Studiengang fielen die Infotage einfach mal aus, da man nicht sonderlich motiviert war, Ersatz zu finden, für den durchgefeierten Studenten, der dies hätte übernehmen sollen. Noch lustiger sogar, dass ich diesen draußen stehend, am Tag der Info – Tage, durch ein Gespräch über sein extremes Wochenende habe rausfiltern können, da seiner Leiderzählung der Zusatz folgte: „Und nach so einem Wochenende kann man das hier [sgm: Infotage] von mir echt nicht erwarten, da müssen die sich eben einen anderen suchen."

Gesucht haben Sie vielleicht sogar auch, gefunden aber haben Sie wohl niemanden.

Egal, das verfeinerte nur das durch den Immaprozess gewonnene Gesamtbild um eine würzige Nuance. Frisch des Mutes rein ins Vergnügen. Unfiltrierte Eindrücke, bei unklimatisierten 30 Grad im Inneren, ließen mich damals noch nicht an extremere Temperaturen in den oberen Stockwerken denken, da die Infoveranstaltung, für alle anderen Studiengänge, ja im Atrium der unteren Etagen stattfand. Zumindest wollte ich die Uni/ FH Gymmiks abgreifen. Wie ein Jäger von Trophäen legte ich mich auf die Lauer, um den Moment der Stoffbeutelausgabe im tollen „Uni-„ Design nicht zu verpassen. Und „zu Recht" lauerte ich, es waren im Verhältnis zu den Gymik-Begehrenden zu wenige „Give Aways" vorhanden. Gut das ich gelauert hatte und zweifach abgriff. Sicher ist sicher.

Das nachfolgende Geplänkel über diese oder jene Erfordernisse, welches auch nur ein Appell an die Tugenden des inneren Strebens darstellte, interessierte mich so sehr, dass ich nach einer halben Stunde von meinem Sitznachbarn geweckt wurde und der ganze Saal schwieg und in meine Richtung schaute. Zu viel der Schnarcherei, aber was soll's, es passte thematisch ganz gut. Zumindest hätten sich die Angestellten des Imma Büros, nach einem jeden Malheur par Excellanze, einer Rede mit Appell an die Tugenden, wie diesem dem ich ausgesetzt war, stellen müssen. Frechheit das an mich zu richten, muss doch die Unschuldsvermutung auch dort Gültigkeit haben. Oder zumindest hätten die vom Imma Büro auch mit drin sitzen müssen, wenn die Unschuldsvermutung schon nicht gilt, dann müssen die, die es verbrochen haben, doch erst recht bestraft werden.

Schlaftrunken wankte ich also gen Ausgang und wurde dann sogleich von meinem ersten Kommilitonen angesprochen. „Hi, ich bin L., bist du auch im…" Ein kurzer Blick in Richtung Zettel half, auf welchem der Studiengang nochmals benannt wurde. „…Administration oder so?"

Ja, war ich in der Tat. „Sag mal, gibt's hier in der Nähe irgendein Kaffee oder so was ähnliches, ich habe jetzt auch keine Lust mehr."

Auf der Suche nach einem solchen Bistro, welches sich dann später als tatsächlicher Treffpunkt und außeruniversitärer Hörsaal herausstellte, gar eine Institution, stießen wir prompt auf ein Kaffee an der Ecke.

Die ersten Kontakte ergaben sich einfach durch den Fakt, dass all jene, die zur Infoveranstaltung gekommen waren, um über den Studiengang Business Administration Abend in Teilzeit was zu erfahren, aufgrund des müden Studenten welcher hätte dies präsentieren müssen, nichts hatten darüber erfahren können und sich so im nächsten Kaffee einfanden. Nicht schlecht, dachte ich, das gesamte Matrikel auf einmal kennen zu lernen, da kann man der Faulheit der alten Feierbratze ja nur dankbar sein.

Wie lange hätte es sonst gedauert, alle aus einem Matrikel mit Namen und allem Pipapo- kennen zu lernen?

Monate! Danke fauler Sack.

So saßen wir alle fröhlich beisammen und ein lustiges und unterhaltsames Stelldichein begann den fast schon geplatzt geglaubten Infotag abzurunden. Es wurde Wein getrunken, Kaffee konsumiert, gegessen und viel gelacht.

Nebst L. lernte ich auch noch S., T., D. und Z. kennen. Das sind die Personen, um die es sich in dieser, leicht fiktionalen, Nachempfindung dreht. Alle anderen waren z.T. oder auch nicht, z.T. lustig drauf, getreu dem Motto: Du gut drauf oder auch nicht.

Es hat kein Belang.

So kam es, wozu es immer kommt, wenn man Leute trifft, mit denen man sich gut zu verstehen glaubt und dazu sowieso gezwungen ist, sich mit irgendwem längere Zeit arrangieren zu müssen. Man gleicht die Pläne zur Belegung ab, sodass man sich mit jenen, mit denen man sich an diesem Ort zu dieser Zeit am nächsten glaubt, immer gemeinsam weiß. Es ist, in der Aufnahme des Momentes, ja auch so schön lustig und man versteht sich ja auch so toll. Der Wein, das Bier. Ob das von Dauer sein wird, wird dann die Zeit zeigen. Dazu ja auch das schöne Belastungsmoment des experimentellen Dauerzusammenseins, überall an jedem Tag in jedem Kurs. In wessen Ohren das nicht nach Spaß klingt, der: „gehe Schlafen oder Schreibe sich für einen anderen Studiengang ein".

So verabredete man sich für die kommende Woche Dienstag, um das lustige Beisammensein am selben Orte zu wiederholen, mit dem Zusatz, gleich was Sinnvolles zu tun und die Kurse synchron zu belegen, um sich der dauerhaften Gemeinschaft auch wirklich sicher sein zu können.

Für heute jedenfalls reichte es und die gefühlte Menge an Alkoholika, im Revuepassierenden - Moment des Nachsinnierens, ergab:

Mindestens 1 Flasche Wein für jeden und knapp nen Sechserpack Becks, also es reichte definitiv.

Auf nach Hause.

5. Chaos der Belegung

Generell ist zu den Belegungsmodalitäten an der FH/ Uni zu sagen, dass jenes, als total simples und triviales empfundene Verfahren, sich meist als zu absolvierende Meisterleistung entpuppt. Ich würde fast behaupten, dass das Absolvieren der Belegung, dem inhaltlichen Anspruch im Studium annähernd gleichgestellt ist. Dennoch, es ist beinahe so, als würde mit steigendem Schweregrad der Belegung auch gleichzeitig das Studiengangsniveau, meist durch das Chaos im Studium selbst, steigen. Leider weder linear, noch proportional, es scheint eher expotentiell zu wachsen, das Chaos. Ok, leicht überzeichnet, aber auch nicht aus der Luft gegriffen.

So begab es sich, dass sich vier ahnungslose Patienten im gegenüberliegenden Kaffee einfanden, um dieses triviale und simple Verfahren, synchron, zum Abschluss zu bringen. L., D., Z. und ich, ein Bild für Götter. Bereits nach dem sechsten Zusammenbruch des Uni - Servers, musste man sich eingestehen, nein nicht man allein versuchte synchron zu Belegen, anscheinend war wohl das gesamte Matrikel auf die gleiche glorreiche Idee gekommen, sich gleichzeitig einschreiben zu wollen. Dem noch nicht genug, so wird vermutet, dass sich auch andere Gruppen von Pappenheimer zusammenschlossen, um sich gemeinsam in den einen oder anderen

Kurs einzuschleichen. Das ist ungeheuerlich, war das doch unser gemeinsames Vorhaben. Aber Teile und Herrsche, getreu diesem Motto mussten wir uns als Einheit verstehen, auch wenn das bedeutete, den Rest des Matrikel von uns separiert wahrnehmen zu müssen.

Ellen lange Kursnummern und ein Wirrwarr an Lehrinhalten war dem ersten Semester zuzuordnen. Kurse über Kurse, Nummern über Nummern und kein Ende in Sicht.

Nichts anderes als das dauerhafte Bedienen des Repeatbuttons blieb übrig, um seinem Willen Ausdruck zu verleihen. Nach einer kurzen Zeit von 2 ½ Stunden war es getan und wir schauten stolz auf unser Werk. Es war groß. Die erste Hürde schien genommen und wir ließen den Abend bei gemütlichen zwei Flaschen Wein und diversen Bier ausklingen.

Was für ein Tag. Ich war stolz.

6. Prüfungsoffenbarungen

Grundsätzlich ist zu den Prüfungen anzumerken, dass man überrascht wird. Nicht mit einer Fülle an freudebringender Offenbarungen, nein, eher mit der Menge an zu absolvierenden Prüfungen. So ist es eher keine Seltenheit, dass man schon vor der ersten Klausur fast an die Grenzen seiner geistigen Auffassungsgabe kommen kann.

Allein das Merken der Anforderungen jedes einzelnen Faches, hinsichtlich der Prüfungen, dann in der Gesamtheit zu addieren oder gar zu multiplizieren. Speicher voll, Zettel her !!!

Also wie, es sind 13 Prüfungen zu absolvieren? Ja 13 und durch das „ auf Begehren sind auch zusätzliche Leistungen zu erbringen" in der Prüfungsordnung vermerkt, vielleicht auch noch mehr. Aber welcher Prof. sollte den armen Studies denn das Leben schwerer machen, als es ja mit dreizehn Prüfungen ohnehin schon ist? Ca. jeder 3. . Bei also ca. 10 Fächern mindestens 3 (,33 Periode), dadurch werden aus 13 Prüfungen pro Semester auch mal schnell 16 oder tendenziell eher mehr, soll hier aber kein negativer Stimulus gesetzt werden.

Jaja, wie schnell wird einem da klar, viel Zeit ist da nicht mehr, um das tolle studentische Leben zu genießen. War echt toll diese Bacheloreinführung. Ja und nebenbei Arbeiten und Geld verdienen ist vielleicht auch etwas schwierig. Aber hey, man kann ja auch gesondert Anträge stellen. Wer glaubt, nur da er oder sie da essen müsse, würde der Antrag schneller bearbeitet, irrt. Somit ist es wohl schwierig in den heutigen Tagen, in den blauen Dunst hinein ein Studium zu beginnen, dennoch aber nicht unmöglich. Renitenz und Ausdauer sind da Attribute, die zu bedeutender Größe führen können, wenn man den Kampf, zum Positiven, bis zum Ende ausfechtet. Was von einem übrig bleibt, wenn der Kampf bis zum Letzten, mit negativen Ausgang, ausgefechtet würde? Nicht wünschenswert. Aber Kopf hoch und positiv thinking, sowie totally positiv doing und dann kann doch auch nichts mehr schief gehen, auch die lächerliche Anzahl von Prüfungen sind doch dann eher Miniaturstufen auf dem Weg zum Kilimandscharo. Und wenn's doch daneben geht, lustig nach den Semesterferien in die Nachprüfung, vorher nochmals mit extrem viel Zeit und Ruhe gelernt und dann kann es ja nur noch funktionieren.

Es gibt übrigens Leute, die sich nur auf die Nachprüfungen verlassen und zu den eigentlichen Terminen fast nie wirklich vorbereitet hingehen. Extremer Neid, wenn diese Kumpanen es dann zufällig doch beim ersten Anlauf, beim ersten Nachschreibetermin, schaffen. Meist durch Multiple Choice mit 50:50 Joker oder durch andere „Chancenfördernde- Mittel", denn Wissen war ja nicht übermäßig da …

Einige von wenigen verwendeten sogar Antidementiva und andere stimulierende Substanzen, aber die richtigen Cracks machten es analog und kritzelten, in geschätzter pt 3-2 Schrift, irgendwas auf einen abgeranzten Zettel, was in der Prüfung eh keine Sau mehr hat lesen können. Nachprüfung eben. Nerds.

Naja, den Weg kann ja jeder selbst wählen. Meist habe ich mich doch recht ordentlich vorbereitet, und bestanden hatte ich auch alle Module beim ersten Mal, somit, zumindest für mich, die richtige Taktik.

7. Semesterverlauf, Leute und deren Merkwürdigkeiten

Hmmm, die Semesterverläufe oder so ähnlich… Da gab es mehr als einmal sehr merkwürdige und denkwürdige Ereignisse. Fast die Hälfte des gesamten Matrikels bestand aus Gestalten, die locker hätten in der Geisterbahn anheuern können. Von absolut pizzaähnlichen Gesichtern, geistigen schwarzen Löchern bis zu Überbissen, wo hätte eine ganze Kekspackung Platz gefunden. Zu den schwarzen Löchern sei aber angemerkt, dass sich dahinter, metaphorisch hier in Analogie zu dem Geist, nicht ein ultradichtes Objekt (reich mit Wissen gefüllt) mit hell leuchtender Oberfläche (glänzend an Leistung) und einem ultra starken Gravitationsfeld (nach Wissen strebend), da es Licht (Erkenntnis und Wissen) als Materie anzieht, verbirgt, sondern tatsächlich nur Dunkelheit und tiefe Nacht.

Dem noch zugesetzt, zu dem merkwürdigen Aussehen, all jene nerdigen Gebaren, die man von vielen Studies einfach erwarten kann, ergab jenes wunderschöne Bild an Normdivergenz, dem man sich täglich ausgesetzt sah.

Hätte sich jemand voll Ends aus der Realität verabschieden wollen, so empfiehlt sich in einem solchen Umfeld einfach mal ein mittelstarkes Halluzinogen zu konsumieren, um dann geistig endgültig da zu bleiben wo die hatten physiologisch hergekommen sein müssen.

Nein, aber Spaß bei Seite, als totale „Aufmerksamkeitsbedingende" Persönlichkeiten fallen mir im Nachhinein nur 3 ein.

Als Erstes und auch mit am stärksten in Erinnerung ist mir T. geblieben, der mir des Öfteren aus meinem Essensvorrat naschte, sodass, unbemerkt, der Vorrat an Überlebensmitteln für die eine oder andere Vorlesung sich ausdünnte. Erst gegen Ende des 2. Semesters hatte ich T. dabei erwischt, wie er sich heimlich, zumindest sich nicht von mir beobachtet dachte, an meinem Essen bediente. Dagegen halfen dann leicht stinkende Substanzen (abgeschwächter Dörrfisch Sud), die sich erst nach einiger Zeit des öffnen der Dose „der Pandora" entwickelten und herrlich an den Fingern klebten. Zusätzlich kann hier auch auf Lebensmittelfarbe zurückgegriffen werden, so wart auch der sonst so edle T. überführt.

Dann war da noch der „one and only" Barack Obama Fan. Jener, der es eines Tages Allen zeigen würde und man sich dann ganz bestimmt an seinen Namen erinnere. Leider ist mir sein Name inzwischen entfallen, deshalb kann er hier auch nur als „der FAN" betitelt werden. Aber Kopf hoch, vielleicht fällt mir sein Name eines Tages noch ein.

Dann bleibt da nur noch L. Ja der L, jetzt im ländlichen Idyll Bayerns, in dörflicher Atmosphäre sicher geparkt. Und wenn einen nicht der Kariere- Willen packt, es dort schaffen zu müssen, wo es weh tut, sicherlich noch für die nächsten 10 Jahre sicher abgestellt. Irgendwann kommt auch da bestimmt die Rezession an. Kühe und Bier gibt es aber selbst dann da noch.

Achso, was an L. so schrullig war… Eigentlich nur die bannende Melancholie, gespiegelt in seiner Art des Fröhlichen. Eine Unternote, kaum wahrnehmbar, es ließ ihn so echt erscheinen. Niemand wusste was dann die persönliche Nähe ausmachte, es war anscheinend das menschliche Stück Künstlichkeit.

Ja zu dem prinzipiellen Verlauf der Semester kann weiter eigentlich auch nicht so viel gesagt werden. Nur das es immer wieder Schwierigkeiten bei Belegungen, administrativen und organisatorischen Dispositionen gab. Ein Satz, der da steht, eigentlich keine Berechtigung hat, da er nichts aussagt und dennoch die Zeilen füllt, toll.

Tja, eins wäre da tatsächlich noch zu erwähnen. Es gab X Nebengebäude, wie es bei vielen FH's und Uni's der Fall ist. Jedoch war es hier so, dass nach der Fusion mit der **** die Nebengebäude in der ganzen Stadt verteilt waren. Zum Glück hatte unser Matrikel nur in denen Vorlesung die in der Nähe lagen, doch es hätte auch anders kommen können.

Eine absolute Kuriosität wäre da noch der Prof. Dr. K., den ich mehrfach in den Pausen der Vorlesung gesucht hatte und dann, aber Hallo, hinter der Tür stehend fand. Er war dort zwischen Wand und Tür selbst eingekeilt. Diese Situation erinnert stark an den Mutterleib, an die Enge und an das Dunkel. Für ein Prof. mit um die 100 Studenten im Saal jedoch eine sehr ungewöhnliche Situation. Es trug aber zur humoristischen Lockerung bei.

Hypothetisch kann hier auch der Eindruck der Chancengleichheit, innerhalb der Gesamtmenge an Strebenden, entstehen. Da, so ja selbst erlebt, geistig und materiell wohl situierte Intellektuelle, eben durch pathogene Züge innerhalb ihrer Persönlichkeitsstruktur, ihr Kontingent an Möglichkeiten zur Entfaltung nur bedingt ausschöpfen können. Hingegen können dann, die geistig und materiell nicht ganz so wohl Situierten, dadurch freier von pathologischen Strukturen in ihrer Persönlichkeit, ihr wohl geringeres Maß an Möglichkeit (schlechter situiert) zur Entfaltung der Kräfte aber höher ausschöpfen, da störungsfreier.

Irgendwie aber auch Quatsch, Armut macht ja nicht frei und kontroverse, polarisierende Mutmaßungen sind auch eher randläufig angesagt. Obwohl der Spruch: „ Armut macht frei." Im Zuge der Rezession doch an Relevanz gewinnen könnte.

Mehr kann ich leider nicht erzählen, da es sonst in das absolut Persönliche vorstößt. Da die Privatsphäre meiner Kommilitonen geschützt sein will, dies aus einem aus mir selbst entsprungenem Anspruch moralischer und ethischer Verpflichtung heraus, der Menschlichkeit, dem Schutz der.... Ach einfach Alles.... (Androhung von Klagen Seitens der Kommilitonen, sowie enormer Widerstand Seitens der FH können auch bedingende Faktoren zur Unterlassung gewesen sein) So bleibt mir nichts, als wissendes, verzücktes Schweigen.

8. 3P Die Präsentation der Verwirrten

Das Ereignis! Einer der härtesten Guerilla- mäßigen Präsentationsbedingungen bei 40 Grad Celsius, einem überfüllten Hörsaal und als letzte Gruppe nach X Verzögerungen des Termins, sodass aus der Routine wieder Unsicherheit wurde.

Am schönsten ist wohl der Fakt, dass der Dozent, Herr W., bis zum Ende der Vorlesung wartete und somit alle schon richtig Lust auf unsere Präsentation in ihren Gesichtern erkennen ließen. In der totalen Schmelze befindlich, wankten wir zum Podium und durften uns, unter dem Protest des gesamten Matrikels, erst einmal mit der Technik auseinander setzen. Beiläufig erwähnte der schon genannte Dozent, dass er dieses Thema sowieso für gekünstelt und relativ überflüssig halte. Die Stimmung war enorm und die Lust auf Präsentieren stieg fast bis ins Unermessliche an. Nach 5 Minuten klappte dann auch alles mit der Technik und wir konnten beginnen. D., L. und ich stellten uns in einer gelockerten, dennoch als Gewehr bei Fuß Stellung erkennbaren, Positionierung auf.

Der Schweiz lief und lief, es waren über 40 Grad und die kognitiven Fähigkeiten gingen durch die schon erlittene Tortur der Vorlesung mit integriertem Saunafeeling auf ein vorzeitlich zum Ausdruck gebrachtes Stammeln zurück.

So kam der Dozent auch zu der Überzeugung, uns nun als komplett unfähig hinzustellen. So ein überflüssiges, gekünsteltes Thema und dann so was? Kein Wunder sei es da, dass unsere Kommilitonen in einer Haltung der energischen Verweigerung verharrten. Nun die Fakten sprechen ja für sich, jedoch ist die Theorie das entscheidende Faktum, welches darüber entscheidet, was als Ergebnis präsentiert werden kann. Wir hatten dann daraufhin auch keinen Bock mehr, aber was hätte das retroperspektive Geleier über das verwerfliche Verhalten des Dozenten genutzt. Da ja nun alle weg wollten und man den Dozenten auch nicht in seinem Verhalten maßregeln wollte, zogen wir es durch. Unter Protest, unter verachtenden Blicken, unter dem Einfluss des Wissens, unsere Note war jetzt schon determiniert.

Letztlich kann ich nur sagen, dass eine (ohhhh) mega 3, in Verbindung mit einem so schönen Erlebnis, auch was für sich hat.

Nach Beendigung der PP Präsentation gab es beim Verlassen der Alma Mater sogar noch einige Kommilitonen, die unter dem Moment der Entlastung, durch die wieder gewonnene Freiheit, dadurch gespeist mit Euphorie, meinten, das war gar nicht so schlecht. Wenigstens war es in diesem Moment dann für alle mega befriedigend.

9. Ende der Prüfungen

Die Prüfungen liefen in jedem Semester ähnlich ab, und zwar entweder in Form eines Referates/ Präsentation, einer Massenprüfung im Audimax mit Personalausweis und Identifizierung via Unterschrift oder als tolle wissenschaftliche Arbeit, die entweder über das gesamte Semester angefertigt werden konnte, begleitend sozusagen oder mit so richtig Druck und Stress zu Hause innerhalb von 1 - 3 Wochen. In manchen Fächern durften sogar 3 verschiedene Prüfungen pro Studienteilabschnitt absolviert werden, Hausarbeit + Referat + Präsentation. Meist in absolut belanglosen Fächern, in denen der jeweilige Prof. durch künstlich erhöhte Anforderungen dem ganzen Fach mehr Aufmerksamkeit beizukneten versuchte. Um die Bedeutungslosigkeit und Beiläufigkeit des Fachgebietes wissend, die Vorlesung dahin ekelnd von statten ging und wehe jemand hört nicht zu, Repetitorium aber sofort. Wenn's dann im Abgang auf dem Nachhause- Weg nach der Vorlesung immer noch aufstößt, kann auch mit einer kleinen netten aber nicht minder erzwungenen Überraschungspräsentation in der nächsten Vorlesung aufgewartet werden, die mal kurz auf Begehren des Profs. zur zusätzlichen Prüfungsleistung erklärt wird. Das sind die Feinheiten des Studiums, erkennen zu lernen, wer was wann wie nötig hat. Und dann gegebenen Falls, das jeweilige Ego schön zu umstreicheln.

Welcher Prof. z.B. den ganzen Tag gebauchpinselt wird, diesen dann jeweils mit ein wenig Ignoranz zu interessieren und welcher Prof. jeden Tag damit zu kämpfen hat ernst genommen zu werden, jenen dann die nötige Beachtung zukommen zu lassen, so das dieser sich und sein Fach ernst genommen zu wissen glaubt.

Das sind die zu erschließenden Nuancen, die dann etwaig über Erfolg und Misserfolg entscheiden können. Natürlich ohne die eigenen Prinzipien zu verraten, trotzdem altruistisch Handeln zu können und seinem Ethos getreu, diese Abweichungen vom eigentlichen Selbst zu vollziehen und danach immer noch zu wissen, wer man ist. Was voraussetzt vorher auch schon gewusst zu haben, wer man ist, sich hoffentlich nicht nur in solchen Situationen zu erkennen, das ist doch Kunst?

Zu den Prüfungsergebnissen gibt es eigentlich nicht viel zu sagen, außer das in kleinen Schaukästen in pt 8 die Noten fast zu erkennen gewesen wären, wenn nicht die Gesamtheit aller Matrikel schon mit ihren Fingerabdrücken alles angedetscht hätten. Also erstmal kräftig wischen, bevor überhaupt erahnbar wird, was da so stehen könnte. Ein Geheule, wie vor und bei Manchen auch nach, einem Kelly Konzert (Analog: Biber; Mainstream; Shit; etc...) erschütterte damals die ehrwürdigen Hallen, da die Meisten des Matrikels in Statistik durchgefallen waren. Ich glaube so 2/3 oder gar etwas mehr? Lag wohl daran, dass induktive, deskriptive Statistik und Wahrscheinlichkeitsrechnung in einem Semester abgehandelt wurden. Ich hatte am

Ende des Semesters, nur Statistik betreffend, 3 DIN A 4 Ordner mit jeweils um die 800 bis 1200 Blatt. Aber elitärer Weise habe ich bestanden mit einer Top 3. Angesichts der Fülle des Stoffes im Fach Statistik, war ich aber tatsächlich Kurzzeitstolz und gönnte mir sogar mal ne richtige Legasthenie per Übermaß, initiiert durch Alkohol. Sinnvoll und Sinnfreiheit liegt im Auge des Betrachters, der sich wiederum in solch einem oder anderen Zustand befindet. Somit sind alle Grenzen zur Definitionsmöglichkeit nun aufgehoben, prost.

Das Ende des Semesters wart eingeläutet und ich befand mich gut eingestimmt, dem Ende wohlwollend entgegen zu gehen.

10. Abschluss Grundstudium

Hach ja, wie schön war es doch zu wissen, dass zumindest ein Teil sein Ende gefunden hat und die Hälfte des so oft zitierten Berges geschafft war und hinter einem lag.

Dennoch wurden Fragen laut. Fragen nach einer etwaigen Spezialisierung, sich in einem Gebiet festzulegen und unter Ausschluss der anderen Gebiete, die mit Entrücken in die Ferne immer verführerischer wirkten, sich nur dem einen, dann gewählten, zu verschreiben.

Es war eine Katastrophe, ist doch das Festlegen das Einzige was nicht gewollt ist. Ja, zugegeben, es kann auch nützlich sein zu wissen, was man will, aber auch das Ausschlussverfahren birgt Potential in sich. Und da es nun schon mit einer solchen Sicherheit über Jahre praktiziert wurde und, so zu sagen, in Fleisch und Blut übergegangen war, durfte es doch und wenn nur aus Gründen des Sicherheitsgefühles und der Tradition, nicht fehlen.

Nein, so einfach würde ich mich nicht entscheiden. Und sollte man mich zwingen wollen, etwa über Fristen und dem Zwang sich mit einer getroffenen Entscheidung zurückzumelden, so würde ich in den Protest gehen und als Zeichen, wie ernst es mir ist, meine Exmatrikulation in Kauf nehmen. Dummheit? Nein, absolute Konsequenz.

Und so kam es wie es denn kommen musste, die Zeit rückte unaufhaltsam näher und meine Geduld und meine Konsequenz in Bezug auf mein Handeln, meinen heftigen

Protest gegen den Zwang zur Entscheidung wurde von Tag zu Tag mehr auf die Probe gestellt. Doch ich blieb hart.

Ende vom Lied war natürlich die rechtmäßige Exmatrikulation, durch nicht fristgemäße Rückmeldung oder eben durch ausbleiben derselben. Heute würde ich das nicht mehr als dramatisch betrachten, damals schrieb ich die Exma dem System als offensichtlichen Sieg zu, doch im Stillen, mir nun der härte meines Willens bewusst, fühlte ich mich siegreich. Aber auch nicht mit vollkommener Überzeugung. Manchmal ist es besser, dass der Weg sich durch äußere Umstände bestimmt, da das Erkennen an Möglichkeitsmengen, es einem nicht immer einfach macht, vom 1000'stel ins 1 000 000'setl. Oder: Isch a zoo ville wa eh?

11. Die Entscheidung

(tatsächlich)

Mit Abschluss der Prüfungen aus dem 3. und 4. Semester kam dann die Frage auf, welche Richtung nun als Vertiefung zu wählen wäre. Das war auch mit einer der ausschlaggebenden Punkte, woraus sich die Entscheidung zum Weggang konstituierte.

Ob die Wirtschaft an sich nun gut oder schlecht ist, es ist, was man draus macht. Verspürt man aber einen permanenten Widerstand gegenüber dem, was, in welcher Art und Weise auch immer, vermittelt wird und vor allem wie es vermittelt wird, ist es vielleicht an der Zeit zu gehen und sich anderweitig zu orientieren. Es waren die Menschen und Situationen, die all diese Erinnerungen so lebendig und schön machen. Trotzdem, es ist in diesem politisch- gesellschaftlichen Setting kaum möglich, das Wirtschaften mit Menschlichkeit zu füllen und leider auch von den Meisten, die Wirtschaft zu ihrer Profession gemacht haben, kein dominierendes inneres Bedürfnis.

Zudem folgte die Entscheidung, das Wirtschaftsstudium abzubrechen, auch nicht zuletzt, weil ich durch äußere Umstände zum Weggang aus Berlin gezwungen war. Ich habe die Entscheidung, an der HWR zu studieren, nie wirklich bereut, obwohl man den Eindruck gewinnen könnte, es sei verschwendete Zeit gewesen, doch es war mit die schönste Zeit, neben dem Abi, in meinem bisherigen/jetzigen Leben. Später immatrikulierte ich dann doch noch einmal in den Studiengängen Wirtschaftswissenschaften und Psychologie, diesmal aber an der FUH. Wobei beide Studiengänge nun dieses Jahr, in Form des Akademiestudiums, ihren Abschluss fanden, aber das ist eine andere Geschichte, die irgendwann ganz sicher folgen wird.

Die Abschlussarbeiten aus den beiden Akademiestudiengängen WiWi und allg. Psy., werden spätestens 2014 durch den wissenschaftlichen Verlag veröffentlicht, wenn ich's denn mal einreiche.

12. Een paar Jedichte

Entstanden aus Ärger oder Langeweile, experimentell oder aber auch non fiktional, näher an der Realität als man glauben möchte... Für das erste pietätlose muss ich mich auch gleich entschuldigen, da nicht zu erkennen ist, dass es 2 Personen gewidmet ist...

Frau Kleist

Frau Kleist mag Kleine, auf ganz bestimmte Weise,

Sie nimmt sie nachts mit, auf eine lange Reise.

Es wart getan, Ihr war's ganz recht

die Augen offen doch es schläft schon fest,

Im Sommer singt leis die Kohlmeise.

"He Frau, sag was machst du da?",

Es entglitt Ihr recht, auf dem Bordstein liegen die Beweise.

Verbittert wissend was schon zu oft getan, zu tun bleibt Ihr nur noch der letzte Rest

Am Bordstein steht eine Frau allein des Nachts, Sie geht auf eine lange Reise.

Fichte Mann

Ich krauche nun und stehe hier,

am Türspion ächtse ich leise

Ich rauche nun, du bist schon hier, auf den Balkon geht die Reise,

dort zieh ich blank, geistig nackt, ziehe meine Khreise

ich lebe den Tag und arbeite nicht, das ist
meine Art und Weise

Ich wiege und bin, lasse spüren was kommt mir in den Sinn,
Dielen krächtsen nicht leise

Das Haus das wankt die Leute stöhn, das ist mir die liebste Weise

Im Sommer, ich bin Mannsbaum hoch, gemacht um Schatten zu spenden,
im Winter Wärme , wen kümmert's schon, wenn ich etwas Lärme

Ihr Vöglein kommt und setzt euch hin, Nadelholz brennt auf die beste Weise,
es schmökelt schön bis auf den Rest und bis zum Ende leise.

Behnke Zaun

Behnke steht am Zaun Spalier und schreit janz laut, "Ick wohne hier!
Dit abends och mit 30 Bier, heute sind doch zwei gleich vier?

Als dat den Leutens zu doofe war, holte er sich wat mit Okular.

Nun glotzt er frech durch die Linse, in dit jegrinse übern Zaun und kommt nich
raus ausm Staun, wat da so langlooft kick ma da ditt iss ja allet wunderbar,

Doch wohnen darfste druff hier nich, dit sach ick dir du Sackjesicht.
Wohnen Ick? Ach ja, ick kenn den Vorstand schon hundert Jahr,
ick wohne hier, dit iss doch klar. Für mich iss allet wunderbar.

Doff issa, nen frechet Ding und stenkern tut er och, da kann ick dir nen Lied von sing,
Doch isset allet eenerlei, er ist schon alt, bald iss er Brei.....

Der Vorstand

Unverrückbar starr und stramm, wenn das mal nicht nur der Vorstand kann,

auf unannehmbare Weise, für normale Menschen nicht zu verstehen, sind so nur alte Greise

Doch Starrsinn mal mit Macht gepaart schlägt eine tiefe Schneise,

alles was dem Verstand ferne war, liegt jetzt nicht mehr auf dem Eise

Brauchst unter dem Einfluss keine 30 Jahr, wirst so auf gleiche Weise,

nun nimm dich in Acht und werd Gewahr, bald bist du selber Scheiße.

So geht das weiter, Jahr um Jahr und kein bisschen Weise, im Vorstand sitzen

jetzt, das ist doch klar, hunderte von Greise

In Mitten von ganz weißem Haar ein Männlein klein und sonderbar, das bist du und nun ganz
leise, mein Freund du hast es bald geschafft, das ist das Ende deiner Reise

13. Vorwort zum Anhang

Hier folgen nun die eigentlichen Präsentationen zu den 2 Veröffentlichungen: „Soziale Ausgrenzung (Globalisierung)" ISBN: 978-3-640-32608-2; und „Die Renaissance Keynes" ISBN: 978-3-640-30240-6.

Im Eigentlichen ist die Geschichte, die ja nun auf den vorherigen Seiten erzählt worden ist, persönlich, persönlich wichtiger als die Präsentationen. Faktisch wichtiger sind eher die zur Vervollständigung der Veröffentlichung angehängten Präsentationen. Vor allem, da sich die Prüfungsleistung aus 2 Teilen zusammensetzte. Gut, nun muss man nicht jeden Scheiß veröffentlichen lassen, aber wenn man schon einmal die Möglichkeit hat, warum nicht?

So folgen dann im Anhang, ohne weitere Worte und Umschreibungen, die eigentlichen Präsentationen.

MANAGEMENT BY TECHNIKEN

L. W.
C. K.
D. C.

AGENDA

Einführung
Sachbezogene Management by Techniken
Personenbezogene Management by Techniken
Use Cases
Fazit

Management by Techniken   03.07.2008

EINFÜHRUNG
WAS IST MANAGEMENT ? (1/3)

○ **Breites Spektrum an Bedeutungen**
- in der Literatur zwei grundlegende Unterscheidungen
  (1) Funktionelles Management
  (2) Institutionelles Management

○ **Wortherkunft**

  engl. to manage – erreichen, schaffen, leiten,

       arrangieren, klarkommen

3

EINFÜHRUNG
WAS IST MANAGEMENT ? (2/3)

○ **Historische Veränderung der Bedeutung**

○ **Drei große Management-Bereiche:**
  (1) Personalführung (Behavioral Sciences)
  (2) Unternehmensführung (Business Administration)
  (3) Unternehmensforschung (Operation Research)

4

EINFÜHRUNG

WAS IST MANAGEMENT ? (3/3)

Definition

„Management ist die Leitung soziotechnischer
Systeme in personen- und sachbezogener
Hinsicht mit Hilfe professioneller Methoden."

5

EINFÜHRUNG

WAS IST TECHNIK ?

Definition

„Technik ist grundsätzlich die Anwendung von
besonderen Methoden, Prinzipien, einzeln oder
in Kombination, um bestimmte Wirkungen zu
erzielen. Somit ist Technik Arbeit um Arbeit zu
sparen."

6

EINFÜHRUNG
MANAGEMENT BY TECHNIK (1/2)

Definition

"Methoden und Instrumente, die zur Steuerung
von Führungs- und Problemlösungsprozessen
eingesetzt werden."

7

EINFÜHRUNG
MANAGEMENT BY TECHNIK (2/2)

Management by Techniken	
Sachbezogene Dimension	**Personenbezogene Dimension**
Bewältigung von Aufgaben, die sich aus den obersten Zielen des Systems ableiten.	Richtiger Umgang mit allen Menschen, auf deren Kooperation das Management zur Aufgabenerfüllung angewiesen ist.

8

SACHBEZOGENE M.B.T.
BESCHRÄNKUNG AUF 4 WICHTIGE TECHNIKEN

Management by

- Objectives (Zielvereinbarung)
- Exception
- System
- Results

SACHBEZOGENE M.B.T.
Management By Objectives

- klare Zielvorstellungen
- Mitentscheidung durch den Mitarbeiter
- erreichbare /realistische Ziele

Voraussetzung
- delegieren der Aufgaben und Kompetenzen an die Mitarbeiter
- leistungs- und funktionsfähiges Informations- und Kontrollsystem

SACHBEZOGENE M.B.T.
Management By Objectives

<u>Vorteile</u>

- Steigerung der Leistungsfähigkeit
- Optimale Motivation und Aktivierung der Mitarbeiter durch Anpassung der Ziele an die ind. Fähigkeiten des Mitarbeiters

<u>Nachteile</u>

- hoher Leistungsdruck
- zeitaufwendige Abstimmung (Planungs- und Zielbildungsprozess)
- Kontrollsystem steht im Vordergrund
- keine effektive Ergebniskontrolle

11

SACHBEZOGENE M.B.T.
Management By Exception

- selbstständiges Handeln der MA in einem vorgegebenen Rahmen
- sog. Abweichkontrolle

<u>Vorraussetzungen</u>

- Festlegung des Spielraums
- Delegieren der Aufgaben an Mitarbeiter
- Informationssystem

12

SACHBEZOGENE M.B.T.

Management By Exception

Vorteile

o Freiräume für Initiativen bei den Führungskräften

Nachteile

o einseitige Arbeitsbelastung
o keine Eigeninitiative, kein Lerneffekt

Kein eigenständiges Modell

13

SACHBEZOGENE M.B.T.

Management By System

---

o Führung durch Systemsteuerung
o betriebl. Abläufe werden auf computergestützte Inform.-
  systeme bezogen
o Managmentabläufe werden beschleunigt

Voraussetzungen

o Entscheidungsdezentralisation
o Feststellen des Informationsbedarfs

14

SACHBEZOGENE M.B.T.

Management By System

<u>Vorteile</u>

o Umfasst die Konzeptionen MbO und MbD

<u>Nachteile</u>

o hohe Kosten für Entwicklung und Einführung

15

SACHBEZOGENE M.B.T.

Management By Results

---

o ständige Kontrolle der Leistung durch die erzielten Ergebnisse
o Leistungs-SOLL / Leistungs-IST

<u>Voraussetzung</u>

o MA haben Kenntnis über Bewertung und Entlohnung

16

SACHBEZOGENE M.B.T.
Management By Results

Vorteile
- Vergleich Leistung mit Zielsetzung
- Früherkennung von Qualitätsmängel

Nachteile
- hoher Leistungsdruck
- ständige Kontrolle
- keine Mitbestimmung durch den Mitarbeiter

17

PERSONENBEZOGENE M.B.T.
BESCHRÄNKUNG AUF 3 WICHTIGE TECHNIKEN

Management by
- Motivation (strong corporate culture)
- Delegation
- Participation (Umsatzbeteiligung)

18

PERSONENBEZOGENE M.B.T.
MANAGEMENT BY MOTIVATION

- Leistungsbereitschaft fördern
- Differenzierung durch strong corporate culture
- Gefühl der Zugehörigkeit steigern
- Mitarbeiter identifiziert sich mit Unternehmenszielen

Voraussetzungen
- Klares Unternehmensleitbild (nur durch verstehen identifizieren)
- Eindeutige Zielformulierungen (Einheitliches Umsetzen)
- Stabiles Firmennetz

19

PERSONENBEZOGENE M.B.T.
MANAGEMENT BY MOTIVATION

Vorteile
- Minimierung des Zielkonflikts
- Autarker Antrieb, Firma als soziale Identität

Nachteile
- Ungezwungene Pflicht (sozialer Duck)
- Zusammenbruch bei Entlassungen, Identität erlischt mit dem Ausscheiden
- Grenzen im Zusammenhang Managment by Motivation und Leistung / Gewinn / Umsatz eines Unternehmens

20

PERSONENBEZOGENE M.B.T.
MANAGEMENT BY DELEGATION

- ○ Übertragung von Aufgaben, Befugnissen & Verantwortung
- ○ Kompetenz entscheidet über Delegationsumfang
- ○ Direkte Übersetzung für Delegation: Kontrollabgabe

Voraussetzungen

- ○ Allgemeine Führungsanweisungen
- ○ Stellenbeschreibung
- ○ Informationsplan

21

PERSONENBEZOGENE M.B.T.
MANAGEMENT BY DELEGATION

Vorteile

- ○ Automatisierte Prozesse (Zeit und Geldersparnis)
- ○ Entscheidungen können schneller getroffen werden

Nachteile

- ○ Viel Papierkrieg
- ○ häufiges wegschieben uninteressanter Aufgaben

22

PERSONENBEZOGENE M.B.T.

MANAGEMENT BY PARTIZIPATION

- Kompetenzerweiterungen
- Beteiligung am Unternehmenserfolg (Prämien)
- Höhere Motivation durch mehr Entscheidungsfreiheit

Voraussetzungen

- etabliertes Unternehmen einer bestimmten Größe
- Klare Definition der Stellenbeschreibungen

23

PERSONENBEZOGENE M.B.T.

MANAGEMENT BY PARTIZIPATION

Vorteile

- Einheitliche Zielvereinbarungen (gut fürs Unternehmen gut für mich)
- Verantwortungsbewusstsein gefördert

Nachteile

- Aufwand zur Schaffung klarer Zuständigkeitsabgrenzungen
- Papierkrieg

24

USE CASES
WELCHE TECHNIK WÄHLEN ?

USE CASES
WELCHE TECHNIK WÄHLEN ?

Stabile und vorhersehbare Marktverhältnisse

Betonung auf Vergangenheitswerte/-erfahrungen.

➡

Bevorzugte Managementsysteme:
- Richtlinien und Vorschriften
- Finanzkontrolle

USE CASES
WELCHE TECHNIK WÄHLEN ?

Zunehmend instabile Marktverhältnisse

➡ Betonung auf extrapolierende Vorwegmaßnahme von
Zukunftsentwicklungen.

Bevorzugte Managementsysteme:

-> Budgetierung (Soll-Wert Vorgabe)
-> M.b.O. (Zielvereinbarung)

27

USE CASES
WELCHE TECHNIK WÄHLEN ?

Schnelle Marktveränderungen

○ Veränderungen müssen rechtzeitig antizipiert und organisatorisch
bewältigt werden
○ Schnelle Reaktion erforderlich

Bevorzugte Managementsysteme:

-> Strategische Planung
-> Strategisches Management

28

FAZIT
KRITIK

○ Managementtechniken entwickeln sich ständig weiter

○ Lebensdauer von Managementtechniken kurz

○ Historische, Umweltbedingte und Technische Veränderungen
  beschleunigen den fortlaufenden Wandel

○ Mischungen von Management by Techniken

29

FAZIT

○ Auswahl der Technik an individueller Stärke des
  soziotechnischen Systems anpassen

○ Auswahl der Technik an persönlichen Fähigkeiten anpassen

**Die anzuwendende Technik sollte sich in die betreffenden
Umwelten integrieren lassen.**

30

QUELLEN

- Stähle, Wolfgang, Management 1999, 71, 609ff. , 864f
- Reimer, Jürgen-Michael, Verhaltenswissenschaftliche
- Managementlehre, 2005, 4
- http://dict.tu-chemnitz.de
- http://de.wikipedia.org/wiki/Technik
- Saul.W. Gellerman(1968): Management.by.Motivation American
- Management Association, Inc 2.nd printing
- Friday, October 11, 2002
- THE LEADING EDGE
- Strong culture can be 'double-edged sword'
- Dayton Business Journal - by Dean Mcfarlin
- Herbert Wiesner Techniken des Personalmanagements Gabler
- Handbuch Wiesbaden 1980
- Wolfgang Grunwald/ Hans-Georg Lilge(1980): Partizipative.Führung |
- Paul Haupt Bern und Stuttgart
- Werner Josef Gartner, "Managment"

31

Fachhochschule für
Wirtschaft Berlin
Berlin School of Economics

VIELEN DANK FÜR IHRE AUFMERKSAMKEIT

L. W.

C. K.

D. C.

Globalisierung

*Gewinn oder Verlust für den
deutschen Arbeitsmarkt?*

Gliederung

L. W.

Was ist Globalisierung?

1.1 Definition

*„Bezeichnung für die zunehmende Entstehung
weltweiter Märkte für Waren, Kapital und
Dienstleistungen sowie die damit verbundene
internationale Verflechtung der Volkswirtschaften."*

L. W.

Aspekte der Globalisierung

1.2.1   ⇨ in der Wirtschaft

    ...

1.2.2   ⇨ in der Gesellschaft

    ...

L. W.

Aspekte der Globalisierung

1.2.3 ➡ in der Kultur

...

1.2.4. ➡ in der Umwelt

...

L. W.

Verlagerung deutscher Produktionsstätten ins Ausland

2.1 Gründe

➡ Produktion in Niedriglohnländern spart Personalkosten
➡ internationaler Wettbewerbsdruck
➡ Zwang zur Globalisierung
➡ Billige Produktion im Ausland
...

Z. S.

Verlagerung deutscher Produktionsstätten ins Ausland

2.2 Gewinner... *und Verlierer*

2.2.1 Unternehmen in Deutschland

➡ Hohe Gewinne
    Multinationale Unternehmen – „Global Players"

Z. S.

Verlagerung deutscher Produktionsstätten ins Ausland

2.2 *Gewinner...* und Verlierer

2.2.2 Arbeitnehmer in Deutschland

➡ Entlassungen
➡ Fachkräfte / Spezialisierungen
➡ mangelnde sektorale Mobilität
    ...

C.K.

Verlagerung deutscher Produktionsstätten ins Ausland

2.2.3 Arbeitnehmer im Ausland

⇨ Schaffung neuer Arbeitsplätze in Niedriglohnländern
  ...

C.K.

Verlagerung deutscher Produktionsstätten ins Ausland

2.2.4 Auswirkung auf Wirtschaft im Ausland

⇨ Wohlstand wächst

S. S.

Zukunftsperspektiven

3. Zukunftsperspektiven - Globalisierung deutscher
    Unternehmen

    ➡ Globale Konkurrenz
    ➡ Zusammenspiel Angebot und Qualifikation
    ➡ in Zukunft mehr höherqualifiziertere Jobs in
       „bisherigen" Industrieländern
       ...

Fazit

4. Fazit zur Globalisierung in deutschen Unternehmen-
    Gewinn oder Verlust für den deutschen Arbeitsmarkt?

    ➡ Chancen

    ➡ Risiken

Quellen

Brock, Ditmar: *Globalisierung : Wirtschaft - Politik - Kultur - Gesellschaft.* 1. Aufl. Wiesbaden: VS Verlag, 2008

Fäßler, Peter E.: *Globalisierung : Ein historisches Kompendium.* Köln: Böhlau, 2007 (UTB 2865)

Scholtissek, Stephan: *Multipolare Welt : Die Zukunft der Globalisierung und wie Deutschland davon profitieren kann.* 1. Aufl. Hamburg: Murmann Verlag, März 2008

A.

Et all/ uni sono

Vielen Dank für Ihre

AUFMERKSAMKEIT

A.

	HANDOUT
Ort:	Fachhochschule für Wirtschaft, Fachbereich I
Raum:	143
Studiengang:	Business Administration, Abend (1. Semester)
Fach/ LV:	Selbstmanagement / LV: 200851.51
Dozent:	Dr. V. Panick
Semester:	SS 2008
Referenten:	C. Klinger, Z. S.
Referatsthema:	Globalisierung
Datum:	20. Juni 2008

1.   Was ist Globalisierung?

1.1   Begriffsdefinition
„Bezeichnung für die zunehmende Entstehung weltweiter Märkte für Waren, Kapital und Dienstleistungen sowie die damit verbundene internationale Verflechtung der Volkswirtschaften."

1.2   Aspekte der Globalisierung
1.2.1   In der Wirtschaft
1.2.2   In der Gesellschaft
1.2.3   In der Kultur
1.2.4   In der Umwelt

2.   Velagerung deutscher Produktionsstätten ins Ausland

2.1   Gründe
2.2   Gewinner und Verlierer
2.2.1   Unternehmen in Deutschland
2.2.2   Arbeitnehmer in Deutschland
2.2.3   Arbeitnehmer im Ausland
2.2.4   Auswirkung auf Wirtschaft im Ausland

3.   Zukunftsperspektiven

4.   Fazit

Literaturverzeichnis:

Brock, Ditmar: *Globalisierung : Wirtschaft - Politik - Kultur - Gesellschaft.* 1. Aufl.
   Wiesbaden: VS Verlag, 2008
Fäßler, Peter E.: *Globalisierung : Ein historisches Kompendium.* Köln: Böhlau, 2007 (UTB 2865)
Scholtissek, Stephan: *Multipolare Welt : Die Zukunft der Globalisierung und wie Deutschland davon profitieren kann.* 1. Aufl. Hamburg: Murmann Verlag, März 2008
Bauman, Zygmunt: *Verworfenes Leben : Die Ausgegrenzten der Moderne.*
   Bonn: Bundeszentrale für politische Bildung, 2005

Karteikarten

4 Aspekte der Globalisierung (Merkmale, Hinsichtpunkte)

1. Wirtschaft

Internationale Arbeitsteilung

- Fertigung Muffen China, Federn Indien, Zusammensetzung in Philippinen
  Verkauf in Deutschland → Exportgut

Multinationale Unternehmen: „Global Players"

- Lokale Unternehmen → globaler Wettbewerb, internationale Konkurrenz
  Weltmarkt behaupten, ab bestimmter Größe muss (Tante Emma Laden/
  Discounter)

Spezialisierung durch weltweiten Standortwettbewerb

- Land x billiger in manueller Fertigung als Land b, Land x spezialisiert sich
  manuell
  (Vorteil des Standortes zunutze machen, Spezialisierung auf Standortvorteil)

Internationale Absatzmärkte und Börsen

- als Merkmal der Globalisierung: Handel von weltweit verstreuten Unternehmen und
  deren Anteile, von aller Orts an den Börsen oder durchs Internet (Papier zu Papier,
  keine Goldbindung)

2. Gesellschaft

Immigration und Emigration

- Menschen aus allen Teilen der Welt kommen in die entlegensten Länder zum
Arbeiten/Zukunft (Möglich durch internationale Konkurrenz der Reiseunternehmen etc
Firmen ...)

Vergleich → früher: Auswandern heute: Auswandern fast Selbstverständlichkeit

       Seltenheit   Arbeitnehmer Mobilität

Weltweite Kommunikation in Echtzeit
per Internet, Funk und Satellit (technologischer Fortschritt durch wirt. Konkurrenz)

- Globus in der Tasche, Konferenzschaltungen (Deutschland London Paris)
- Lokale Minorität zur globalen Subkultur (Visual Key Japan Deutschland)

5 Aspekte der Globalisierung (Merkmale, Hinsichtpunkte)

3. Kultur

Homogenisierung: einheitliche Weltkultur

> → „McDonaldisierung" Vom Tee als Kulturgetränk zu Coca Cola oder auch Fast Food als einheitlicher Standard aller Orte (Afrika, Asien Europa)

Hybridisierung:

Verschmelzung globaler und regionaler Kulturelemente
zu neuen Formen

Immigration Deutsch / Türkisch
Sprache im Generellen Mixformen der Kulturen

Musik stark zu beobachten (Projekte Klassik HipHop/ Klassik Metal)
→ „kulturelle Kernschmelze"

4. Umwelt

Umweltbelastungen durch weltweiten Gütertransfer

rasant wachsendes Weltverkehrsaufkommen
→ Welt-Klimaveränderungen
industrie- und verkehrsbedingte Treibhausgase

Resümee

Zur offenen Diskussion im Auditorium, Eigenfazit respektive Resümee

...FIN, Ende, End...

Bibliografische Information der Deutschen Nationalbibliothek
Die Deutsche Nationalbibliothek verzeichnet diese Publikation
in der Deutschen Nationalbibliografie; detaillierte bibliografische
Daten sind im Internet über http://dnb.d-nb.de abrufbar.

© 2014 Epi Demi
Umschlagdesign, Herstellung und Verlag:
BoD - Books on Demand
ISBN 978-3-7357-9759-9